**LUCIEN DESCAVES & RENÉ VERGUGHT**

# Les Souliers

### SCÈNE JUDICIAIRE

Tirée d'une nouvelle de **Lucien DESCAVES**

PARIS. — Ier

P.-V. STOCK, ÉDITEUR

(Ancienne Librairie TRESSE & STOCK)

27, RUE DE RICHELIEU, 27

1903

# LES SOULIERS

SCÈNE JUDICIAIRE

Représentée pour la première fois, à Paris, le 26 avril 1903 en matinée
au bénéfice de la Maison Commune du IIIe arrondissement
et le soir, par les membres de l'Université populaire,
au Théâtre de la Coopération des Idées.

# A LA MÊME LIBRAIRIE

---

## DE M. LUCIEN DESCAVES

**Le Calvaire d'Héloïse Pajadou,** 1 vol. (*épuisé*).
**Une vieille Rate,** 1 vol. (*nouvelle édition*).
**La Teigne,** 1 vol. (*épuisé*).
**Les Misères du Sabre,** 1 vol.
**Sous-Offs,** 1 vol.
**Sous-Offs, Misères du Sabre** et **Procès de Sous-Offs,** 1 vol. in-8º illustré, par EUGÈNE COURBOIN.
**Sous-Offs en Cour d'assises.** Notes. Plaidoiries de Mᵉˢ TÉZÉNAS et MILLERAND. Verdict. Bibliographie, 1 plaquette.
**Les Emmurés,** roman, 1 vol.
**En Villégiature,** 1 vol.
**Soupes,** 1 volume.
**La Colonne,** 1 volume.

## THÉATRE

**La Pelote,** pièce en trois actes, *en collaboration avec* M. PAUL BONNETAIN.
**Les Chapons,** pièce en un acte, *en collaboration avec* M. GEORGES DARIEN.
**La Cage,** pièce en un acte.
**La Clairière,** pièce en cinq actes, *en collaboration avec* M. MAURICE DONNAY.
**Tiers Etat,** pièce en un acte.

**LUCIEN DESCAVES & RENÉ VERGUGHT**

# LES
# SOULIERS

## SCÈNE JUDICIAIRE

Tirée d'une Nouvelle de **Lucien DESCAVES**

**PARIS. — 1er**

**P.-V. STOCK, ÉDITEUR**

**(Ancienne Librairie TRESSE & STOCK)**

27, RUE DE RICHELIEU, 27

1903

# PERSONNAGES[1]

LE PRÉSIDENT . . . . . . . . . . . MM. ARQUILLÈRE.

FRANÇOIS . . . . . . . . . . . . . . NOIZEUX.

Me DUVERNOY . . . . . . . . . . . FRÉDAL.

LE SUBSTITUT . . . . . . . . . . . LARMANDIE.

PLUMET . . . . . . . . . . . . . . VERSE.

MANCEL . . . . . . . . . . . . . . MALLET.

UN MONSIEUR . . . . . . . . . . . GRAMMONT.

L'HUISSIER . . . . . . . . . . . . THOULOUZE.

ASSESSEURS, GENDARMES, PUBLIC, etc.


La scène se passe au tribunal correctionnel
de Bar-sur-Marne.

---

1. Au théâtre populaire de la Coopération des Idées,
la scène a été jouée par MM. Henri Dargel, René Ul-
mann, Boismoreau, Lévy, Ternois, Vinatieri, Meyer et
Tassin.

# LES SOULIERS

Au lever du rideau, François est assis au banc des préve-
nus, M⁰ Duvernoy, au banc de la défense. Au public debout,
derrière le banc des témoins, où sont assis Plumet et Mancel,
se trouve mêlé le monsieur jouant un rôle dans cette scène.

L'HUISSIER.

Le Tribunal !

Tout le monde se découvre. Le Président et ses assesseurs font leur entrée et prennent place.

LE PRÉSIDENT.

L'audience est ouverte. Huissier, appelez la première cause.

L'HUISSIER.

Le ministère public contre François. Vol simple.
Témoins, MM. Mancel et Plumet.

LE PRÉSIDENT, à François.

Prévenu, levez-vous. (François se lève.) Votre nom ?

FRANÇOIS, dolent, résigné, respectueux.

François, mon président.

LE PRÉSIDENT.

François... quoi?

FRANÇOIS.

François.

LE PRÉSIDENT.

Vous n'avez pas d'autre nom?

FRANÇOIS.

Pas que je sache... malheureusement.

LE PRÉSIDENT.

Votre famille?

FRANÇOIS.

Inconnue. J'ai été élevé par l'Assistance publique; mais on m'a dit que ma mère était bonne dans une maison bourgeoise, qu'elle avait été séduite par le fils de ses maitres, et, bien entendu, qu'ils l'avaient mise à la porte pour éviter un scandale.

LE PRÉSIDENT.

De ce que vous avancez là nous ne pouvons faire état, le législateur n'ayant pas encore admis la recherche de la paternité. Quel âge avez-vous?

FRANÇOIS.

Vingt-huit ans.

LE PRÉSIDENT.

Où habitez-vous?

FRANÇOIS.

J'ai pas de domicile.

LE PRÉSIDENT.

Votre profession ?

FRANÇOIS.

J'en ai pas. Placé, dans mon enfance, chez des
cultivateurs, je leur ai surtout servi de domestique.
Après avoir travaillé la terre, je l'arpente... quand
je suis libre...

LE PRÉSIDENT.

Et vous ne l'êtes pas souvent. Vous avez subi quatorze condamnations ?

FRANÇOIS.

Quatorze ?... possible... J'ai pas eu le temps d'exer-
cer beaucoup ma mémoire à l'école... Un pupille de
l'Assistance publique, vous savez, mon président, ça
turbine de bonne heure.

LE PRÉSIDENT.

Vous avez passé trois ans en prison.

FRANÇOIS, sincère.

Tant que ça ?

LE PRÉSIDENT.

Vous manquez décidément de mémoire.

FRANÇOIS.

La mémoire n'est pas la seule chose qui me manque, et personne n'en paraît étonné !

LE PRÉSIDENT.

Vous êtes sorti de la maison d'arrêt il y a huit
jours à peine. Maintenant vous savez de quoi vous
êtes accusé. Vous avez été pris en flagrant délit de
vol à l'étalage d'un marchand de chaussures. C'est
même, je dois le reconnaître, la première fois qu'une
aussi grave imputation pèse sur vous. Les peines
que vous avez encourues jusqu'ici ne réprimaient que
la mendicité dont vous viviez...

FRANÇOIS, souriant.

Si on peut dire que j'en vis!...

LE PRÉSIDENT, poursuivant.

... le vagabondage et les outrages à des magistrats dans l'exercice de leurs fonctions. Ce sont là des délits dépourvus de criminalité. Il n'en est pas de même de celui dont vous avez à répondre aujourd'hui. Dites-nous... pourquoi avez-vous volé cette paire de souliers?

FRANÇOIS.

Pas pour les revendre, bien sûr, mais parce que j'en avais besoin. L'été, à la rigueur, j'aurais pu encore m'en passer, me confectionner moi-même des *ribouis* avec de vieilles semelles et des linges sales, ramassés sur les tas d'ordures... Mais quel moment qu'on choisit pour me remettre en liberté? Décembre, un temps de chien, la neige, le froid, la boue... Vous allez trouver ça drôle, messieurs les juges, vous ne me croirez pas, si je vous dis que ce que je redoute le plus, c'est pas la faim, à quoi je suis habitué, les nuits dehors... que je ne compte plus... mais le froid... et quel froid ridicule! le froid aux pieds!... (Après une pause.) Tiens... ça ne vous fait pas rire? C'est nouveau. Quand j'ai dit ça au commissaire, il s'est tordu... Tout le monde se tordait, les gendarmes, les inspecteurs, le garçon de bureau, tout le monde... C'était à qui mettrait son grain de sel : « Veux-tu une chaufferette? — Une paire de mitaines pour les pieds de monsieur!... — Aimes-tu mieux mon cachenez pour les envelopper? — Souffle dans tes doigts de pieds, ça les réchauffera... » Enfin, j'ai fait passer un bon moment à ces messieurs.

LE PRÉSIDENT.

C'est bien, c'est bien... Après?

FRANÇOIS.

Je disais donc que je ne peux pas supporter le froid aux pieds. J'en souffre... vous ne pouvez pas vous faire une idée! Un gendarme en pleurerait... Pas de remède à ça, car je ne me réchaufferais en marchant tout le temps, qu'à la condition de ne pas marcher pieds nus, dans l'eau... C'est bête, n'est-ce pas? une infirmité pareille. Probable que vous en êtes babas et que vous me traitez intérieurement de farceur, de *simulateur*... J'ai trouvé cette bonne blague de simuler le froid aux pieds!

LE PRÉSIDENT.

Vous ne me paraissez pas avoir froid aux yeux, en tout cas.

FRANÇOIS.

Monsieur le président a le mot pour rire... Je savais bien que je finirais par dérider ces messieurs... Quand je dis que j'ai froid aux pieds j'suis irrésistible; j'amuse tout le monde. Enfin, quand j'ai aperçu à l'étalage cette paire de *croquenots*, qu'est-ce que vous voulez? Ça été plus fort que moi... je les ai barbotés, n'ayant pas le premier sou pour les acheter, puisque je sortais de prison.

LE PRÉSIDENT.

Comment n'aviez-vous pas d'argent? Vous en avez gagné, en prison...

FRANÇOIS.

Gagner de l'argent en prison? Ah! je voudrais vous y voir!.. sauf le respect que je vous dois... On fait pour quatre francs d'ouvrage et on ne vous donne que douze ou quatorze sous... de quoi vous payer un peu de supplément;... le reste de votre argent vous est remis à votre libération. J'ai donc touché environ six francs. J'ai pu vivre huit jours avec... Ah ! je ne me suis pas donné d'indigestions... L'indigestion n'a jamais été dans mes moyens...

LE PRÉSIDENT.

Voyons, un homme rompu, comme vous...

FRANÇOIS.

Oh ! oui...

LE PRÉSIDENT.

Je veux dire rompu à la mendicité, pouvait se procurer une vieille paire de chaussures aussi facilement que du pain. On ne vous aurait pas plus refusé l'une que l'autre.

FRANÇOIS, souriant.

Oui, j'y ai mis de la mauvaise volonté... Eh bien ! la vérité, c'est que j'ai demandé des souliers dans quatre maisons... et que l'on m'a partout envoyé dinguer. Je n'avais pas de chance, évidemment. Maintenant, peut-être que je manque encore d'une chose : de persévérance... A force de sonner aux portes, j'aurais sans doute fini par faire rappliquer... les gendarmes.

LE PRÉSIDENT.

Allons, vous feignez une appréhension que vous n'éprouviez pas réellement. J'inclinerais plutôt à croire que, pareil à beaucoup de vagabonds, vous avez volé afin d'être puni sévèrement et de vous assurer un gîte pour tout l'hiver...

FRANÇOIS.

Oh ! non, mon président... Je suis un imprévoyant de l'avenir, moi...

LE PRÉSIDENT.

Votre dossier, pourtant, vous montre coutumier du fait. (Consultant le dossier.) C'est vraisemblablement à dessein de retourner en prison que vous avez, à plusieurs reprises, insulté les magistrats devant lesquels vous comparaissiez. Avouez que c'est encore le mobile du vol que vous avez commis?

FRANÇOIS.

Pas du tout. Pourquoi mentir? Ça sera pour moi le même prix. C'est la nécessité qui m'a poussé, simplement. Les *croquenots*, à l'étalage, avaient l'air de m'appeler... Mes pieds, que je ne sentais plus, tellement ils étaient engourdis... je les ai sentis tout à coup soulagés dans c't étui confortable. Façon de parler, puisque le marchand, en me faisant arrêter dare-dare et en me reprenant les souliers, ne m'a même pas laissé le temps de les essayer.

LE PRÉSIDENT.

Enfin, ce vol, l'avez-vous prémédité?

FRANÇOIS.

Si l'on peut dire, mon président, que la nature prémédite l'hiver, le froid, la neige... et tout le tremblement... (Frissonnant.) Le tremblement,... c'est le mot...

LE PRÉSIDENT.

C'est bien, asseyez-vous. (A l'huissier.) Le premier témoin.

L'HUISSIER.

Plumet, Théodore.

PLUMET, se levant.

Dule.

L'HUISSIER.

Quoi, Dule?

**PLUMET.**

Théodule.

**L'HUISSIER.**

Si vous voulez.

**LE PRÉSIDENT, à Plumet.**

Avancez à la barre. Vos nom, prénoms, âge, profession et domicile?

**PLUMET.**

Théodule Plumet, 46 ans, négociant en chaussures, à l'enseigne du *Chat botté*... Place des Victoires,
maison de premier ordre, fondée en 1860, par mon
père, Évariste Plumet, fils de ses œuvres...

**LE PRÉSIDENT, l'interrompant.**

C'est bon, c'est bon... Levez la main droite. (M. Plumet lève la main, puis la baisse.) Faites votre déposition.

**PLUMET.**

Le quinze décembre dernier, vers huit heures du
soir, j'étais en train de dîner dans mon arrière-bou-
tique, dont j'ai fait ma salle à manger, lorsque le
commis qui surveille l'étalage par tous les temps,
m'avertit qu'un vagabond venait de me soustraire
une paire de chaussures. Je ne fis ni une ni deux, je
me précipitai à la poursuite de mon voleur que j'eus
le bonheur de rattraper au moment où il allait dis-
paraître dans une petite ruelle obscure Je lui repro-
chai son larcin ; je lui dis qu'à son âge il devrait tra-
vailler. Il me répondit qu'il ne demandait pas mieux,
mais qu'il avait été au plus pressé après la nourri-
ture, comme si, pour un vagabond, le plus pressé
n'était pas de se procurer du travail! Mais ce n'est
pas tout... Il ajouta qu'une société était mauvaise, où
les uns marchaient avec des souliers vernis sur des
tapis moelleux, lorsque d'autres marchaient pieds
nus sur le trimard... oui, trimard... c'est bien le

mot dont il s'est servi. Il allait continuer ses insanités quand un agent a opéré son arrestation. Voilà.

LE PRÉSIDENT.

C'est tout ce que vous avez à lire ?

PLUMET.

Je voudrais soumettre au tribunal une simple remarque, dictée par le bon sens...

LE PRÉSIDENT.

Parlez.

PLUMET.

Je ne chausse pas seulement les gens du meilleur monde. Mon étalage, composé d'articles à bon marché, s'adresse à la classe laborieuse, si digne d'intérêt... Conclusion : cet individu, en me volant, ne s'est pas rendu compte qu'il volait aussi les pauvres !

FRANÇOIS.

Non, je ne m'en rends pas compte.

PLUMET, avec satisfaction.

C'est là, monsieur le président, que je voulais en venir.

LE PRÉSIDENT.

Très bien. Vous pouvez vous assooir. (A l'huissier.) Le second témoin.

L'HUISSIER.

Mancel... (Au témoin, qui s'est levé.) Avancez à la barre.

LE PRÉSIDENT, à Mancel.

Vous vous appelez Mancel, Raoul ; 26 ans, publiciste, demeurant en cette ville, rue des Arcades, 59 ? (Marque d'assentiment de Mancel.) Levez la main droite.

MANCEL.

Est-ce bien nécessaire ?

LE PRÉSIDENT.

Mais certainement. C'est la formule du serment.

MANCEL.

Monsieur le Président ne peut-il m'en dispenser?

LE PRÉSIDENT.

La loi est formelle. Vous devez jurer de dire la vérité.

MANCEL.

Si la vérité ne sortait que de la bouche de ceux qui prêtent serment, on ne l'entendrait pas toujours.

LE PRÉSIDENT, conciliant.

Ne vous obstinez pas dans votre refus. Levez la main.

MANCEL.

Je la lève... surpris seulement que vous attachiez de l'importance à un geste qui pour vous signifie quelque chose et pour moi ne signifie rien.

LE PRÉSIDENT.

Faites votre déposition.

MANCEL.

Voici. J'étais présent lorsque l'on a arrêté le prévenu. Comme M. Plumet rentrait en possession de l'objet volé, je le priai de ne pas déposer de plainte et, puisqu'il n'avait subi aucun préjudice, en somme, de permettre qu'on rendît la liberté à ce pauvre diable. (Désignant M. Plumet.) Monsieur me répondit que cela ne me regardait pas et qu'il fallait un exemple. Le devoir des honnêtes gens, ajouta-t-il, n'est pas d'envoyer les filous qu'ils surprennent se faire pendre ailleurs, mais, au contraire, de couper le mal dans sa racine. La solidarité est la principale sauve-

garde des honnêtes gens. Les honnêtes gens par ci,
les honnêtes gens par là... Comme il n'en finissait
pas de s'étendre sur leur mission sociale, agacé, je
déclarai, en fait de probité, ne pas établir de différence entre le commerçant qui vend dix francs ce
qui lui en coûte cinq et le malheureux qui s'appro-
prie un objet nécessaire à son existence.

LE PRÉSIDENT.

Vous n'avez écouté que vos sentiments humanitai-
res, cela est fort bien; mais vous avez eu tort de
vous laisser aller à une comparaison... déplacée.

MANGEL

Pas plus déplacée que l'épithète d'anarchiste dont
m'a gratifié le plaignant. On n'est pas anarchiste
pour rêver l'avénement d'une société où le droit à
la vie serait égal pour tous. On n'est pas anarchiste
pour regretter que, dans la société actuelle, il y ait
des vols réprimés par la loi et d'autres que l'on peut
commettre impunément. Ce n'est pas faire profession d'anarchie enfin, que de répéter la belle parole
de Jean-Jacques, érigée en formule par Babeuf :
« Pour que l'état social soit perfectionné, il faut que
chacun ait assez et qu'aucun n'ait trop. »

LE PRÉSIDENT.

Vous avez terminé? Vous pouvez vous asseoir.

LE PRÉSIDENT, au substitut.

Monsieur le Substitut a-t-il quelques observations
à présenter?

LE SUBSTITUT.

Je désirerais dire quelques mots seulement.

LE PRÉSIDENT.

Vous avez la parole.

LE SUBSTITUT, se levant.

J'ai l'habitude de ne jamais, ou presque jamais, prendre la parole dans les affaires qui sont journellement soumises à notre juridiction; mais celle-ci présente une particularité qui me fait un devoir d'intervenir pour vous la signaler. En effet, lors de son arrestation, le prévenu a fait au plaignant certaines déclarations que je qualifierai de délictueuses. N'a-t-il pas dit à M. Plumet — cet honorable commerçant — qu'il est honteux de voir des gens marcher sur des tapis lorsque d'autres vont pieds nus sur la route? Un pareil langage, dans la bouche du prévenu, aggrave singulièrement son cas, et je n'hésite pas à requérir une rigoureuse application de la loi. Ne vous le dissimulez pas, messieurs, vous vous trouvez en face d'un de ces individus au cerveau brûlé par les lectures malsaines et qui rêvent la destruction de notre société. Pour eux, la propriété engendre le vol, et cette théorie a pour conséquence la reprise, c'est-à-dire la propagande par le fait. En un mot, et quoi qu'ait pu dire un témoin mal inspiré, le prévenu est un anarchiste dans la plus redoutable acception du mot. Soucieux des intérêts de la société, qui me sont confiés; défenseur désigné des institutions qu'elle s'est librement données, ne vous étonnez pas que je requière contre le prévenu une condamnation sévère. Elle doit servir d'exemple à tous ceux qui seraient tentés d'imiter cet ennemi de l'ordre et de la propriété ! J'ai dit.

Il se rassied.

LE PRÉSIDENT.

La parole est au défenseur. Maître Duvernoy, vous avez la parole.

MAITRE DUVERNOY, se levant.

Messieurs. — Lorsque je fus chargé de la défense du prévenu François, je croyais rencontrer un de ces malfaiteurs vulgaires comme il en défile tous les jours devant vous. Je me trompais. Après avoir pris connaissance du dossier, j'allai causer avec François dans sa prison et j'acquis, au cours de nos entretiens, la conviction de son innocence. Je dis bien : de son innocence. L'expression ne trahit point ma pensée et j'espère, si vous voulez bien m'écouter, vous rallier à une opinion que le flagrant délit ne modifie pas.

François tout court est l'enfant d'une fille, séduite puis jetée sur le pavé par son séducteur. Sa mère ne pouvant le nourrir préféra l'abandonner à l'hospice plutôt que de le voir mourir de faim. Là, il grandit sans s'instruire, car l'Assistance publique se préoccupe de donner à ses pupilles d'autres maîtres que des maîtres d'école. A treize ans on le plaça chez un cultivateur ; il n'y fut pas heureux. Avait-il une discussion avec ses compagnons? ceux-ci le traitaient de bâtard .. Et comme il était chétif, il avait deux fois le dessous. Ah ! messieurs, quand donc une loi permettra-t elle la recherche de la paternité ! Cette loi serait acclamée par tous les cœurs généreux, car elle effacerait la différence monstrueuse qu'a faite le code entre des créatures humaines que les mêmes flancs ont portées !

Mais je reviens à l'accusé. Las de confusion, abreuvé d'amertume, après un martyre et une exploitation qui durèrent six années, il quitta la ferme où il travaillait pour aller chercher sa vie ailleurs. Il ne la trouva pas. Cela peut paraître extraordinaire. C'est pourtant l'humble et triste vérité. Sans argent, sans pain, sans logis, il mendia parce qu'il avait faim, et, dans notre société, avoir faim est un crime, ou plutôt on a le droit d'avoir faim, mais on n'a pas le droit d'exiger du pain. François s'en aperçut lorsqu'on lui eut octroyé quinze jours de prison! Que vouliez-vous qu'il fît après cela? Une fois sorti de prison, il se remit en quête d'ouvrage, mais comme il n'avait pour tout certificat que son casier judiciaire orné d'une condamnation, il fut partout rebuté. Vous devinez la suite : mendicité, vagabondage ; encore mendicité, encore vagabondage ; et des condamnations plus sévères à mesure qu'elles se succédaient. Déplorons en passant que le juge s'inspire trop souvent des antécédents judiciaires de l'inculpé, sans rechercher et examiner les circonstances auxquelles ils se rapportent.

Enfin, messieurs, nous arrivons au délit qui amène le prévenu ici. Vous savez que François, réduit, en plein mois de décembre, à errer sans souliers dans la neige, n'a pu résister à cette tentation permanente que donne aux va-nu-pieds un amas de chaussures étalées. Il en a pris une paire. Vous direz si le prévenu se l'est appropriée pour se faire mettre prison ou si c'est le besoin qui l'a poussé. Estimer que c'est la nécessité qui a fait de cet homme un voleur, c'est l'acquitter, au mépris d'une loi qui vit encore dans le Code, mais que la conscience publique a tuée.

J'ose espérer, messieurs, en votre équité; j'ose espérer que vous serez avec la conscience publique.

Il se rassied.

LE PRÉSIDENT, à François.

François, avez-vous quelque chose à ajouter?

FRANÇOIS.

Je fais juges messieurs les juges... Je m'en rapporte à leur l'humanité.

LE PRÉSIDENT.

Le tribunal va en délibérer.

*Les juges délibèrent.*

PLUMET, se retournant, comme cherchant à qui parler, s'adresse au monsieur placé derrière lui.

Monsieur a sans doute suivi les débats ?...

LE MONSIEUR.

Passionnément.

PLUMET.

Vous allez voir qu'ils vont le saler.

LE MONSIEUR.

Nous allons voir ce que nous allons voir.

PLUMET.

S'ils ne protégeaient pas la société contre les gens sans aveu, pourquoi les juges seraient-ils là et contre qui la protégeraient-ils ?

LE MONSIEUR.

Je ne sais pas, moi. Contre vous.

PLUMET.

Hein ?

LE MONSIEUR.

Alors, c'est vous le *Chat botté*..., de père en fils ?... Eh bien ! je ne vous en fais pas mon compliment !

PLUMET, décontenancé.

Monsieur est gai. Il aime à plaisanter.

LE MONSIEUR.

Non. Je n'ai aucune raison de plaisanter, comme

vous l'allez voir. Le mois dernier, ayant besoin d'une
paire de chaussures, je l'achetai chez vous, à l'étalage, justement.

PLUMET.

Mon article à 9 francs 75... un excellent article,
qui fait beaucoup d'usage.

LE MONSIEUR.

Vous trouvez? Au bout de quinze jours, la semelle
fichait le camp ; huit jours après, le cuir se fendait
comme une... parfaitement ! Enfin, votre camelotte
à 9 francs 75, voilà ce qu'elle est devenue !... (Il montre une chaussure minable.) Et je suis un modeste employé, sédentaire ! Aux pieds d'un chemineau, elle
aurait duré... ce que durent les roses...

PLUMET.

Vous m'étonnez... C'est une marchandise en solde...
sans doute..., mais si vous saviez ce que je gagne
dessus...

LE MONSIEUR.

Vous ne gagnez pas mon estime. Mais au fond,
peut-être avez-vous rendu service à ce pauvre diable
en lui reprenant vos chaussures, car si vous l'aviez
laissé partir avec, le plus volé de vous deux, c'était
lui.

PLUMET, furieux.

Monsieur l'huissier, je vous prie de constater que..

L'HUISSIER.

Silence !...

LE PRÉSIDENT, lisant le jugement.

Le tribunal, après en avoir délibéré conformément
à la loi :

Attendu que François s'est rendu coupable, le quinze décembre dernier, de soustraction frauduleuse au préjudice d'autrui, crime prévu et puni par la loi ;

Attendu que le prévenu reconnaît les faits qui lui sont reprochés ;

Mais d'autre part :

Considérant que François affirme que c'est la nécessité qui l'a poussé à commettre un acte répréhensible ;

Attendu que pour apprécier équitablement le délit, le juge doit, pour un instant, oublier le bien-être dont il jouit généralement ; qu'il doit s'identifier autant que possible avec le malheureux, sans famille, sans amis, sans aide, chien errant ne parvenant, le plus souvent, qu'à éveiller la défiance de ceux auxquels il demande assistance ;

Attendu que la souffrance, qu'elle soit provoquée par la faim ou par le froid, est susceptible d'enlever à tout être humain une partie de son libre arbitre et même d'abolir en lui les notions du bien ou du mal ;

Considérant qu'un acte, ordinairement répréhensible, perd beaucoup de son caractère délictueux, lorsque celui qui commet cet acte agit poussé par l'impérieux besoin de se procurer un objet de première nécessité ;

Par ces motifs, le Tribunal renvoie François des fins de la poursuite, sans dépens, et ordonne sa mise en liberté immédiate s'il n'est détenu pour une autre cause.

L'audience est levée.

Le tribunal se retire.

FRANÇOIS, à son avocat.

Merci, monsieur ! merci...

Il lui serre la main.

MAITRE DUVERNOY.

Ce n'est pas moi qu'il faut remercier, mon ami ; c'est le bon juge. Ah ! s'ils étaient tous comme celui-là !...

PLUMET, amer et ironique.

Il n'y aurait plus qu'à fermer les prétoires et à liciencier la gendarmerie. Ça viendra... Après la femme qui vola un pain, on devait acquitter l'homme qui m'a volé des souliers. Tout s'enchaîne. Nous verrons prochainement absoudre le misérable qui aura dérobé un paletot. puis le drôle que nous aurons trouvé couché dans notre lit. Qui sait enfin ! Peut-être les juges finiront-ils par mettre le comble à leurs faveurs en condamnant les honnêtes gens à se déchausser pour donner leurs souliers aux voleurs.

LE MONSIEUR.

Rassurez-vous, monsieur Plumet, nous n'en sommes pas là. Le bon juge, comme on dit, est une exception... un singulier qui n'a pas de pluriel...

MANCEL.

Pas encore.

Rideau.

Imprimerie Générale de Châtillon-sur-Seine. — A. Pichat.

# EN VENTE CHEZ LE MÊME EDITEUR

## (Format grand in-18 jésus)

### COMÉDIES ET COMÉDIES-VAUDEVILLES NOUVELLES

fr. c.

**GEORGES ANCEY**

L'Avenir, 3 actes . . . 2 »
La Dupe, 5 actes . . . 2 »
Grand'Mère, 3 actes. . 2 »
Les Inséparables, 3 ac. 2 »
Monsieur Lamblin, 1 a. 1 50

**HENRY BECQUE**

Les Corbeaux, 4 actes . 2 »
Les Honnêtes Femmes,
1 acte . . . . . . . 1 50
Michel Pauper, 5 act.. 2 »
La Navette, 1 acte. . . 1 50

**ALEX. BISSON**

Le Bon Juge, 3 actes . 2 »
Le Bon Moyen, 3 actes. 2 »
Château Historique, 3
actes. . . . . . . . 2 »
Un Conseil judiciaire,
3 actes. . . . . . . 2 »
Le Contrôleur des Wa-
gons-lits, 3 actes . . 2 »
Un Coup de tête, 3 act. 2 »
Le Député de Bombi-
gnac, 3 actes . . . . 2 »
Disparu ! ! ! , 3 actes. . 2 »
Docteur ! , 1 acte . . . 1 50
Les Erreurs du mariage,
3 actes. . . . . . . 2 »
La Famille Pont-Biquet,
3 actes. . . . . . . 2 »
Feu Toupinel, 3 actes . 2 »
La Gymnastique en
chambre, 1 acte. . . 1 50
L'héroïque Le Cardu-
nois, 3 actes . . . . 2 »
Jalouse ! 3 actes. . . . 2 »
Les Joies de la pater-
nité, 3 actes. . . . . 2 »
Mam'zelle Pioupiou, 5 a. 2 »
Monsieur le Directeur,
3 actes. . . . . . . 2 »
Mouton ! 1 acte. . . . 1 50
Nos Jolies Fraudeuses,
3 actes. . . . . . . 2 »
Le Roi Koko, 3 actes . 2 »
Le Sanglier, 1 acte . . 1 50
Les Surprises du Di-
vorce, 3 actes. . . . 2 »
Le Terre Neuve, 3 act. 2 »
Le Véglione, 3 actes. . 2 »
Veuve Durozel ! 1 acte. 1 50

**B. BJORNSON**

Amour et Géographie,
3 actes et les Nou-
veaux Mariés, 2 actes.
Un volume . . . . . 3 50
Au delà des forces, 1re
et 2e parties, 4 actes. 3 50
Une Faillite, 4 actes. . 2 »
Un Gant, 3 actes . . . 3 50

Léonarda, 4 actes. . . 3 50
Le Roi, 4 actes et Le
Journaliste, 4 actes . 3 50

**M. BONIFACE**

La Crise, 3 actes. . . . 2 »
Les Petites Marques, 2
actes. . . . . . . . 2 »
La Tante Léontine, 3 a. 2 »

**BRIEUX**

Les Avariés, 3 actes. . 3 50
Le Berceau, 3 actes . . 2 »
Les Bienfaiteurs, 4 act. 2 »
Blanchette. 3 actes. . . 2 »
L'Ecole des Belles-Mè-
res, 1 acte . . . . . 1 50
L'Engrenage, 3 actes. . 2 »
L'Evasion, 3 actes. . . 2 »
Ménages d'Artistes, 3 a. 2 »
Résultat des Courses,
5 actes. . . . . . . 2 »
Les Remplaçantes, 3 a. 2 »
La Robe Rouge, 3 a. 2 »
La Rose bleue, 1 acte . 1 50
Les Trois Filles de M.
Dupont, 4 actes. . . 2 »

**GEORGES COUR-
TELINE**

L'Article 330, 1 acte. . 1 »
Les Boulingrin, 1 acte. 1 50
Un Client sérieux, 1 a. 1 50
Gros chagrins, 1 acte . 1 »
Hortense, couche-toi !
1 acte . . . . . . . 1 »
Une Lettre chargée, 1 a. 1 »
Théodore cherche des al-
lumettes, 1 acte. . . 1 »
La Voiture versée, 1 a. 1 »

**F. DE CUREL**

L'Amour brode, 3 actes.
(in-8o) . . . . . . . 4 »
L'Envers d'une Sainte,
3 actes. . . . . . . 2 »
La Figurante, 3 actes . 2 »
La Fille sauvage, 6 a. 2 »
La Nouvelle Idole, 3 a. 2 »
Le Repas du lion, 5 act. 2 »

**MAURICE HEN-
NEQUIN**

Coralie et Cie, 3 ac. . 2 »
Inviolable !, 3 actes. . 2 »
Les Joies du foyer, 3 a. 2 »
M'amour, 3 actes. . . 2 »
Le Paradis, 3 actes. . 2 »
Place aux Femmes ! 3 a. 2 »
Le Remplaçant, 3 actes. 2 »

fr. c.

**HENRIK IBSEN**

La Comédie de l'Amour,
3 actes. . . . . . . 3 50
Le Canard sauvage, 5
actes et Rosmersholm,
4 actes. . . . . . . 3 50
La Dame de la Mer, 3
actes et L'Ennemi du
Peuple, 3 actes. . . 3 50
Empereur et Galiléen.
2 parties . . . . . . 3 50
Hedda Gabler, 4 actes. 3 50
Les Prétendants à la
Couronne, 5 actes, et
Les Guerriers à Hel-
geland, 4 actes . . . 3 50
Les Revenants, 3 actes. 2 »
Les Soutiens de la So-
ciété, 4 actes, et l'U-
nion des Jeunes, 5 a. 3 50

**JEAN JULLIEN**

L'Ecolière, 5 actes . . 2 »
La Poigne, 5 actes. . . 2 »
La Sérénade, 3 actes. . 2 »

**G. LENOTRE** et
**G. MARTIN**

Colinette, 4 actes. . . 2

**HENRI MALIN**

Médor, 3 actes . . . . 2 »

**LOUIS MARSOLLEAU**

Le dernier Madrigal,
1 acte . . . . . . . 1 »
Mais quelqu'un troubla
la fête, 1 acte. . . . 1 »

**L. MARSOLLEAU**
et **BYL**

Hors les lois, 1 acte . . 1 50

**EUGÈNE MORAND**

L'Ile heureuse, 3 actes. 2 »

**GEORGES RIVOLLET**

Alkestis, 4 actes . . . 2 »

**J. H. ROSNY**

La Promesse, 2 actes.. 1 50

**A. SILVESTRE** et
**E. MORAND.**

Les Drames sacrés, 10
tableaux (in-8o). . . 4 »
Griselidis, 3 actes
(in-8o) . . . . . . . 4 »

**GABRIEL TRARIEUX**

Sur la foi des étoiles,
3 actes. . . . . . . 2 »

Imprimerie Générale de Châtillon-sur-Seine. — A. PICHAT.